Alke Dohrmann

Tod im Texastal

Ein Spiekerooger Zeltplatzkrimi

Bibliografische Information der Deutschen Nationalbibliothek:
Die Deutsche Nationalbibliothek verzeichnet diese Publikation
in der Deutschen Nationalbibliografie; detaillierte bibliografische Daten sind im Internet über http://dnb.dnb.de abrufbar.

© 2017 Alke Dohrmann
Herstellung und Verlag:
BoD – Books on Demand, Norderstedt
Umschlagfoto: Klaus Diederichs

ISBN: 978-3-7431-7438-2

Tag 1

Er hat eine Wut im Bauch. War ja klar, dass A... ihn auswählen würde für diesen Auftrag. Alle seine „netten" Kollegen mit ihren „netten" Ehefrauen und „netten" Kinderlein hatten sich in den verdienten Sommerurlaub verabschiedet. Er muss ja keine Rücksicht nehmen auf Sommerferien und Ehefrauen. Als wäre er schuld, dass Eileen nicht mehr da ist.

Und dann das: rein in die Hölle – das Urlaubsparadies für Familien. Mit allem Drum und Dran: Bollerwagen, Sonnencreme und gute Laune.

Und da stehen sie nun die „netten" ... na ja, und so weiter ... am Hafen von Neuharlingersiel. Mit seligem Gesichtsausdruck verladen sie Berge an Kisten, Zeltsäcken, Fahr- und Laufrädern, Fahrradanhängern und zeternden Kindern aus ihren VW-Caddys in den Bauch der Fähre.

Denn der Plan ist nicht, dass er sich in eine lauschige Pension oder ein gemütliches Hotel einquartiert, mit Krabbenrührei zum Frühstück und jeden Tag sauberen Handtüchern. Nein, der Zeltplatz soll es sein! Ist doch viel günstiger. Wer kann sich die exklusive Insellage mit sauberer Luft und ohne Autos zur Hauptsaison schon leisten? Der Verlag jedenfalls nicht.

Und jetzt steht er hier in diesem Scheißnieselregen, nachdem er in aller Herrgottsfrühe mit Regionalbahnen und Bussen vorbei an Orten wie Westerstede-Ocholt, Sanderbusch oder Burhafe, von denen er nie zuvor gehört hatte, durch diese Landschaft gerollt ist, die so platt ist, dass sie nahezu verschwindet. Und der Fahrkartenkontrolleur der Fähre schwatzt, oder wohl besser snackt, demonstrativ mit einem Kollegen und würdigt ihn keines Blickes beim Betreten der Spiekeroog I. „Ist ja nur ein Tourist", denkt der wohl. Wenn der wüsste.

Aber eins gefällt ihm: Das obligatorische Frühstück an Bord besteht aus einem Paar Wiener Würstchen, Senf und einem halben, ungetoasteten Toast in Dreiecksform. Unter dem eisigen Blick der „netten" Ehefrauen bestellt er sich noch ein Pils dazu. Ob man hier auch irgendwo rauchen darf?

Das Besatzungsmitglied, das die Wurst verkauft, hat das Aussehen eines aus Tonga, Tuvalu oder sonst wo in der Südsee hängengebliebenen Seemanns. Was macht der in Ostfriesland? Ob er bereit wäre für ein Interview?

Und braucht er das überhaupt für seinen Auftrag?

Denn das Allerschlimmste ist sein Auftrag. Schlimm genug, wenn er über Urlaub in der Heimat, romantische Fleckchen und urige Einheimische für die Wochenendausgabe schreiben müsste ... „Regionalkrimis liegen voll im Trend", erklärte A..., „das können wir nicht ignorieren." („Wohl eher lokal als regional, so eine kleine Nordseeinsel", denkt X.) „Wir müssen an die Zahlen denken. Sie machen das schon."

Nach einer Dreiviertelstunde Fahrtzeit erreicht die Spiekeroog I den Spiekerooger Hafen. Viele seiner Mitreisenden werden von braungebrannten, entspannt aussehenden Freunden und einer herzlichen Umarmung abgeholt. Er macht sich allein auf den Weg zum Zeltplatz.

Na ja, nicht ganz allein. Denn die ganze „nette" Zeltsack-Laufrad-glückliche-Familie-Mischpoke hat natürlich das gleiche Ziel; nur dass die so schlau waren, ihr Gepäck von einem Elektrowagen der inseleigenen Spedition Klingelmann transportieren zu lassen, während er sich an Zelt, Schlafsack, Klamotten und Sturmkocher abschleppt. Er könnte es auf den ewigen Sparzwang von A... schieben („viel zu teuer"), aber leider liegt es diesmal an seiner eigenen Blödheit. Schon nach wenigen Metern schnüren die Riemen seines Rucksacks in seine untrainierten Schultern. Fröhlich ziehen die anderen mit ihren Zweirädern jeglicher Art davon.

Auf dem Deich geht es vorbei an saftigen Salzwiesen. Soll er das zarte Lila jetzt etwa romantisch finden? Von wegen verborgene Schönheit oder so? Und dann immer geradeaus Richtung Westen bis zum Sturmeck, dann nach Süden. Die Wolken sind aufgerissen und die Sonne brennt auf seine hohe Stirn und die zu großen Ohren. Verdammt, an Sonnencreme hat er ja nun gar nicht gedacht. Nächster Fehler.

Endlich kommt er verschwitzt und durstig und mit dem ersten Sand in den Schuhen am Zeltplatz an. Ein Schild weist ihm den Weg zum Büro des Zeltplatzwartes. „Wo kann ich denn mein Zelt aufbauen, Herr ...?" „Einfach Claus.", kommt murmelnd die Antwort. „Wo Sie wollen." „Gut, danke für die ausführliche Information", denkt er lieber nur anstatt es zu sagen. Mit einem Zeltplatzwart darf man es sich nicht verscherzen. Der hat hier das Sagen.

Wer weiß, ob er nicht mal auf seine Hilfe angewiesen sein wird. „Und das Schild bringen Sie gut sichtbar am Zelt an und werfen es am Abreisetag in den Briefkasten am Waschhaus."
– Aha.

Als er über den Platz läuft, bemerkt er seinen nächsten Fehler. Der Platz ist rappelvoll mit Zelten. Während er brav zum Zeltplatzwart marschiert ist, um sich ordnungsgemäß anzumelden, waren die Profis natürlich schlauer. Der Platzwart kann warten, die Platzauswahl nicht. Auf jedem auch nur halbwegs attraktiven Plätzchen sind bereits die Planen ausgerollt, werden die ersten Heringe eingehämmert. Früher angereiste Zeltplatzfreunde haben einige Kisten aufgestellt, um ihren Kumpels die Sahnestückchen zu sichern. Willkommen in der eingeschworenen Zeltplatzfamilie! Na, vielen Dank.

„Geh doch ins Texastal!", wird er über den nächsten Dünenkamm gewiesen. Auch recht, die großen Zelte hier passen sowieso nicht so recht zu seinem kleinen, bunten, billigen Etwas. Dafür kann er dieses Etwas ganz allein aufbauen. Wie ging das nochmal?

Nach einer halben Stunde gesellt sich zum Sonnenbrand noch ein Sonnenstich und seine Stimmung nähert sich trotz der sommerlichen Temperaturen dem Gefrierpunkt. Wehe, wenn ihn jetzt jemand anspricht. Auf diese absurde Idee kommen die Jugendlichen, die in diesem Teil des Zeltplatzes wohnen, allerdings sowieso nicht. Mit solchen Grufties wie ihm reden die wohl grundsätzlich nicht. Die sind damit beschäftigt, ihre sportlichen Körper vom nachmittäglichen Sonnenbad am Strand zum Waschhaus zu tragen, um sich dort für die Nacht zu stylen und zu parfümieren.

Der Tagesrhythmus seiner neuen Nachbarn kommt ihm und seinen Arbeitsgewohnheiten allerdings sehr entgegen. Wenn er schon hier sein muss, um zu arbeiten, dann kann er wenigstens ausschlafen und muss nicht um neun Uhr am Schreibtisch sitzen und so tun, als würde er arbeiten. Dabei duckt er sich nur möglichst unauffällig vor dem unerträglich ausgeschlafenen A... weg, der am Morgen schon seinen Halbmarathon hinter sich gebracht hat. Vor Mittag aufzustehen, findet er total sinnlos, den Nachmittag kann man ruhig angehen lassen und seine kreative Phase beginnt sowieso erst nach Mitternacht. Die Jugendlichen machen es genauso: morgens pennen, nachmittags „chillen", oder wie die das Entspannen heutzutage nennen, und nachts Party. Oder eben die beste Zeit zum Schreiben. Sein Zelt steht im Texastal also wohl besser als in anderen Bereichen des Zeltplatzes, wo morgens ab halb sechs die ersten Kleinkinder aktiv werden.

Heute wird das allerdings nichts mehr mit Kreativität oder so. Er kann sich nicht mehr bewegen, geschweige denn denken. Einfach todmüde. In seinem Rucksack findet er noch eine halbe Flasche lauwarme, abgestandene Cola und ein zerdrücktes Mars. Sogar er hat schon mal ein gesünderes Abendbrot gesehen. Aber der Vorteil am Freiluftübernachten ist, dass er wenigstens jederzeit rauchen kann. Mit letzter Kraft kriecht er in seinen Schlafsack und verschläft den Abmarsch der Jugendlichen zu ihrem Tanzvergnügen und ihre späte Rückkehr.

Tag 2

Beim Aufwachen am nächsten Morgen, also so kurz vor Mittag, fällt ihm siedend heiß ein, dass er einen Auftrag hat. Und noch ist keine Zeile geschrieben. Schon ist der Tag versaut, die Laune verhagelt. Na ja, das kennt er ja schon von seinem Arbeitsalltag.

Und dann ist das Klo auch noch so verdammt weit weg. Was um Himmels Willen hat er nur in diesem Neandertal verloren? Und überhaupt so viel Natur hier, lauter Krabbelviehcher: Spinnen, Zecken, Bremsen, Grashüpfer – und er kratzt sich einen Mückenstich auf.

Also, erst einmal muss er klären, was genau er eigentlich zu produzieren hat. Wieviel Seiten hat so ein Krimi mindestens? Mehr will er auf keinen Fall schreiben. Höchstens. Er ist ja eher für die kurzen, knackigen Texte bekannt. Sachtexte wohlgemerkt. Und jetzt auch noch Belletristik. Wohl eher trist als belle. Er ist der Ansicht, dass nur jemand Romane schreiben sollte, der dafür auch begabt ist. Und Krimis schreibt doch jeder Arzt, Ingenieur oder sonst wer, der sich plötzlich zur Schriftstellerei berufen fühlt.

Er beschließt, ins Dorf zu gehen. Es wird in diesem Kaff ja wohl hoffentlich einen Laden geben mit einer Zeitschriftenabteilung, in der auch ein paar billige Krimis rumfliegen, in denen er seine Zielseitenzahl ablesen kann. Außerdem braucht er Sonnencreme, besser noch Heilsalbe. Jammer, jammer. Und Frühstück. Jammer, jammer, jammer.

Irgendwo hat er gelesen, dass es zwanzig Minuten bis ins Dorf seien. Das kann irgendwie nicht hinkommen. Da müsste er ja schon längst da sein. So weit ist er schon ewig nicht mehr zu Fuß gegangen (von gestern einmal abgesehen). Jammer … Na, er will sich nicht wiederholen.

Die „Futterkrippe" ist zu. Na, toll. Mittagspause bis 15 Uhr. Er geht weiter ins Dorf, aber es machen natürlich alle Mittagspause. Also heißt es warten, neudeutsch: entschleunigen. Bah! Wenn er in dem Tempo weitermacht, muss er ein Jahr hierbliben, um seinen Krimi zu schreiben. Aber so lange hat der Zeltplatz natürlich gar nicht geöffnet.

Aus lauter Verzweiflung beschließt er, dem Rosengarten einen Besuch abzustatten. Auf dem geschlossenen Eingangstor sitzt regungslos eine Amsel, als hätte sie auf ihn gewartet. Der Schwung, mit dem er um die Ecke kommt, hat sie – nach kurzem Verharren von beiden – vertrieben. Auge in Auge mit einer Amsel. Ist das ein Omen? Und wenn ja, gut oder schlecht? Mit schwarzen Vögeln kennt er sich nicht aus, auch wenn er selber nicht gerade als bunter Vogel bekannt ist. Einige ältere Herrschaften dösen auf den Bänken, sonst ist nichts los. Die restliche Warterei ist Schweigen.

Irgendwann hat der Supermarkt wieder geöffnet und das Ergebnis lautet: 242 Seiten. Macht bei verbliebenen zwölf Tagen gut 20 Seiten pro Tag. Das muss doch gehen. Jetzt bräuchte er nur noch eine Idee. Nur daran hapert es bis jetzt vollkommen. Ist ja auch nix los auf so einer Insel. Vielleicht ein Mörder aus Langeweile? Gibt's bestimmt öfter als man denkt.

Jetzt hat er allerdings erst einmal ein ganz anderes Problem: Die Vorstellung, die lange Strecke zum Zelt wieder zurückzulatschen, behagt ihm so absolut gar nicht. Er hat einfach keinen Bock mehr, einen Fuß vor den anderen zu setzen. Also fragt er den Typen an der Fleischtheke, wo der nächste Fahrradverleih ist, und ist erstaunt, dass der tatsächlich sprechen kann. Die Antwort ist allerdings erschütternd: Es gibt auf der gesamten Insel keinen einzigen Fahrradverleih, nur Bollerwagen kann man mieten. Ja, wenn er jetzt jemanden zum Ziehen hätte, würde er glatt einsteigen!

Anstatt sich wieder auf den endlosen gepflasterten Weg zurück zum Zeltplatz zu machen, beschließt er, am Strand entlangzugehen. Den sollte er vielleicht wenigstens einmal gesehen haben, solange er auf der Insel ist. Gar nicht mal so übel. Das ist doch mal echt besser als dieser ewige Schlamm am Festland, wo immer das Wasser weg ist. Aber leider auch ziemlich lang, was in Reiseführern seltsamerweise gern als Vorteil gepriesen wird. Also: Schuhe aus, Hosenbeine hochgekrempelt – Alles noch ein bisschen käsig. Wann hatten seine Füße eigentlich das letzte Mal Sonne gesehen? – und immer an der Wasserkante lang. Aus irgendeinem unerfindlichen Grund kommt der Wind allerdings schon wieder von vorne. War das auf dem Hinweg nicht auch schon so?

Am Strand kommt ihm eine Gruppe Mädchen auf Island-Pferden entgegengeritten, perfekt wie in einem Pferdebuch-Traum. Schon auf dem Hinweg war ihm der wildromantische Stall des Pferdehofs aufgefallen, an dem man auf dem Weg ins Dorf unweigerlich vorbeikommt. Im Hof Scharen glücklicher Kinder, die emsig an ihren Pferdchen rumbürsteten, freundlich unterstützt von jungen, blonden Reitlehrerinnen, so kernig-gesund und sommersprossig, dass es nicht zum Aushalten ist. Es bleibt ihm hier aber auch nichts erspart.

Abends zurück am Zelt entdeckt er das nächste Grauen, das ihm eindeutig zu nahe kommt: Im neuen Zelt nebenan wohnt nun doch eine Familie mit zwei kleinen Kindern. Die Kleinen werden gerade ins Bett gebracht und Mutti singt ihnen ein Lied:

>Kommt ein Flöhchen,
>fliegt ins Öhrchen,
>singt ein Liedchen,
>für mein Liebchen.
>Dann ist das Lied zu Ende,
>wir klatschen in die Hände,
>dann gehen wir alle heim
>und essen Haferschleim.
>Dann gehen wir ins Bett,
>das finden wir ganz nett.

„Gute Nacht!"

Oh, mein Gott! Ungezügelte Fantasien von Maschinengewehren steigen in ihm auf. Aber dann schmökert er doch lieber im „Inselboten", den er aus dem Dorf mitgebracht hat. Denn der „Brings".

Tag 3

Heute wird es endlich Zeit, dass er sich mal den Zeltplatz etwas genauer ansieht. Am besten, er fängt erst einmal am Kiosk an. Er hat einen Bärenhunger. Irgendwie hat es mit dem Abendessen auf dem Gaskocher im Zelt gestern Abend wieder nicht geklappt.

In Svens Bretterbude gibt es alles, was ein biologisch-dynamischer Zeltplatzurlauber für sein Glück braucht: Postkarten und T-Shirts mit blöden Sprüchen, Bio-Energieriegel, Bio-Limonade, Bio-Gemüse, Bio-Schokolade, Bio-Dies und Bio-Das, Zeltzubehör, blaue Fischerhemden und natürlich jegliche Art an sonstigen Lebensmitteln. Erstaunlicherweise gibt es auch Süßigkeiten und Eis am Stiel. Den Kompromiss muss man im Urlaub wohl machen.

Er entscheidet sich für Brötchen zum Frühstück, egal, ob die nun bio sind oder nicht. Er macht es sich vor seinem Zelt gemütlich. Jetzt hat er alles, was er braucht. Hat er gedacht. Verdammt. Nochmal wieder vom Boden hoch. Als sei das in seinem Alter die richtige Sitzgelegenheit. Er krabbelt zurück ins Zelt, um sein Taschenmesser zu holen. Als er wieder rauskommt, sieht er nur noch sein Brötchen davonfliegen. „Scheiß Möwe!" – „Das war ein Austernfischer!", sagt Mutti. – Dumme Kuh!

Nach dem reduzierten Frühstück steht der nächste Überlebenskampf auf dem Zeltplatz an: das Problem „Aufladen". Während manche in ihrem Urlaub ihren „Akku" aufladen wollen, um im Beruf wieder voll durchstarten zu können, würde es ihm schon reichen, die Akkus seines Laptops aufzuladen. Denn auf dem Spiekerooger Zeltplatz gibt es nicht nur keine festgelegten Stellplätze für die Zelte, diese haben dann natürlich auch keinen Stromanschluss. „Ist ja auch kein Camping-Platz, Du Hirni!", hört er seine innere Stimme sagen und ist froh, dass es nicht einer von diesen oberschlauen, entspannten Zeltplatz-Fuzzis war. Wer tut sich diese Steinzeit eigentlich freiwillig an?

Also, kein Strom für seinen Laptop. Was nun, was tun? Er könnte versuchen, eine der wenigen Steckdosen im Waschraum zu ergattern, die ständig mit Smartphones belegt sind. Aber er kann sein Laptop dort auch nicht einfach unbeaufsichtigt rumliegen lassen, denn es ist nicht passwortgeschützt. Er weiß auch nicht, wie er das ändern kann. Er ist ja schließlich Journalist und kein Computer-Nerd. Will er auch gar nicht werden. Obwohl, überlegt er, wenn das hier alles so dufte Typen sind, dann gibt es vielleicht gar keinen Diebstahl? Aber nachdem er die Aushänge am Schwarzen Brett am Waschhaus gelesen hat, von denen mindestens drei von „verloren" gegangenen iPhones, Samsungs und so weiter berichten, beschließt er, dass er sich darauf wohl nicht verlassen kann.

Stattdessen marschiert er zu Sven. „Handys sind okay, aber so große Sachen, das geht nicht." Was nun? Ziellos wandert er in Richtung Alter Anleger. Aber das bringt ihm auch keine neue Idee. Er wandert in die andere Richtung und landet am „Gepäckwartehäuschen". Desinteressiert liest er die Aushänge: Dünensingen, Der inneren Magie nachspüren, Stand-up-Paddleboarding-Yoga, Einklang in den Tag, Achtsamkeit für Anfänger usw. Wo ist er denn hier gelandet?

Zurück zum Thema: Soll er seinen Krimi jetzt etwa auch noch von Hand schreiben? Notgedrungen und übellaunig macht er sich erneut auf den Weg zu Sven, um einen Block Papier und Bleistifte zu kaufen. Er genehmigt sich auch ein Bier auf den Frust und beobach-

tet die Leute, die vorbeikommen. Das ewige Flip-Flop-Geflapper geht ihm tierisch auf die Nerven. Aus dem Sound könnte man glatt ein Musikvideo machen.
(https://www.youtube.com/watch?v=lnmujSP_NA8)

Wieder am Zelt geht natürlich gar nichts mehr. Alle Energie, die er sowieso nicht hatte, verpufft. Schreibblockade. Ende. Jetzt läuft für die nächsten Stunden nichts mehr. Dann also eben erst einmal ein Nickerchen.

Aber später ist er auch nicht schlauer und um keine Idee reicher. Die Frage bleibt die gleiche: Was soll er nun machen? Er beschließt, sich auf die Suche nach dem Kasten für die Zeltmarken zu machen, den Claus erwähnt hat. Er hat ja sonst nichts Besseres zu tun.

Er entdeckt das unscheinbare Blechding neben dem Eingang zu den Herrentoiletten. Ein echter Treffpunkt hier. Überall stehen Leute und plaudern, mit Abwasch, Zahnbürste oder Wasserkanister in der Hand. Ganz entspannt und natürlich total „nett".

Der Kasten wird gerade von Claus geleert. Der findet darin einen Zettel, liest, was darauf steht, wirft ihn kopfschüttelnd in den nächsten Mülleimer und geht. X. angelt den Zettel neugierig wieder heraus:

> Ein toter Mann liegt in den Dünen hinter dem Texastal. Er wurde von einem Holzhering gepfählt. Er trägt schwarz-rote Kajak-Kleidung.

Wer hatte diesen Zettel dort eingeworfen? Wer war vom Texastal über den ganzen Zeltplatz bis zum Waschhaus gelaufen, um seinen Hinweis loszuwerden? Und dann wohin verschwunden? Hielt Claus den Zettel für einen Dumme-Jungen-Streich? Und wieso überhaupt Kajak? Und was dachte er selber? Glaubte er jetzt etwa, dass der Hinweis ernst gemeint war? Ach was, natürlich tat er nur so, als würde er sich Gedanken machen. Sozusagen als Spiel, ein Gedankenspiel, um sich in die richtige Stimmung für seinen Krimi zu versetzen. Gehirnjogging für den großen literarischen Wurf. Und natürlich redete er sich das jetzt nicht nur ein!

Tag 4

Die letzte Nacht war grauenhaft. Er hatte kaum geschlafen. Dauernd musste er über die mysteriöse Nachricht nachgrübeln. Sie lässt ihm einfach keine Ruhe. Also beschließt er ein paar unauffällige Befragungen bei Sven durchzuführen. Zunächst will er vor allem das Thema Kajak geklärt haben.

Mit einer Flasche Bier in der Hand lässt er sich auf einer aus Treibholz zusammengezimmerten Bank nieder. Er ist nicht allein. Offenbar ist er nicht der einzige, der am Morgen schon flüssiges Brot vertragen kann. Es gibt hier also nicht nur asketische Müsliesser. Typen von der Sorte sanftmütiger Seebär, raue Schale, weicher Kern, gerne tätowiert, halten sich an ihrer Flasche fest. Andere bevorzugen ein Piccolöchen zum Vorglühen. Sie alle verbringen ihre Sommermonate auf dem Spiekerooger Zeltplatz – bei Bier und Backgammon. Das ist mal 'ne anständige Freizeitbeschäftigung!
(https://www.youtube.com/watch?v=cSPZ4TKaBeg)

„Ich bin zum ersten Mal hier. Erzählt mal, wie es hier so zugeht", kommt er aus der Deckung und beginnt sein Gespräch. Die anderen sind offen und auskunftsfreudig und weihen den Frischling gerne ein. Im Verlauf der Unterhaltung erfährt er, dass vorgestern eine Gruppe holländischer Kajakfahrer am Strand angelandet war und eine Nacht im Texastal verbracht hat. (Mist, das war ihm überhaupt nicht aufgefallen. Wie soll er interessante Informationen sammeln, wenn er nicht mal auf seine nächste Umgebung achtet?) Wer sind die? Wo kommen die her? Kennt die jemand? Wie viele waren es denn? „Du fragst ja so viel, als hätte einer aus der Gruppe einen Mord begangen." Oh Mann, als Privatdetektiv war er wohl nicht so begabt. Gerade so kann er sein rot gewordenes Gesicht noch hinter seinem Bier verstecken. Aber die Typen hier sind echt entspannt, vielleicht könnte er mit ihnen seine nächsten Zeltplatzabende überstehen.

Aber die Frage ist doch: Wenn jemand mit dem Kajak kommt, umgebracht wird und also nicht wieder abfahren kann, wo ist dann das Kajak? Und wird der in der Gruppe nicht vermisst? Bedeutet das nicht, dass die gesamte Gruppe dahinterstecken muss, dass sie das Kajak einfach abgeschleppt haben? Wie soll er das denn jetzt bitte schön klären?

Also muss er sich erst einmal auf Erkundungstour durch die Dünen machen. Vielleicht entdeckt er irgendeinen Hinweis. Gleich neben dem Texastal, wo die Dünen beginnen, steht ein nicht zu übersehendes Holzschild: „Deiche & Dünen schützen die Insel. BITTE NICHT BETRETEN". Na, wenn nur er das macht … Davon kann er sich auf seiner Mission nicht aufhalten lassen. Oder? Wenn man was wissen will, kann man sich nicht an alle Regeln halten. Aber sofort krähen zwei Kinderstimmen in seinem Rücken: „He, Opa, das darf man nicht. Weißt Du nicht, dass dann die Dünen kaputtgehen und die ganze Insel wegfliegt? Außerdem wohnen da total seltene Tiere." Blöde Gören! Er geht zurück und sucht sich eine andere Stelle, wo ihn niemand beobachtet.

Hinter der nächsten Düne verborgen sucht er gebeugt jeden Zentimeter ab. Eine Stunde und heftige Kreuzschmerzen später hat er nur einen Fetzen schwarze Neoprenhaut gefunden, nichts weiter. Auch kein bisschen Rot dran. Im Sand sind keinerlei Spuren zu entdecken, sind wohl alle vom Wind verweht, falls überhaupt welche da waren. Die Leiche war eindeutig weg. Auch in der Nähe konnte sie nicht sein, sonst müssten Möwen, Krähen oder so'n Zeug in der Luft kreisen. Das wäre dann auch schon längst aufgefallen und er hätte sich diese mühsame Sucherei sparen können. Oder ist sie so tief vergraben, dass der Wind kein Zipfelchen wieder freilegt? (Glaubte er jetzt etwa schon selber an eine Leiche?) Aber wo versteckt man eine Leiche auf einer Insel und das bei der Hitze? Mit dem Kajak raus und dann versenken? Aber ob man sich darauf verlassen kann, wenn durch Ebbe und Flut und Strömungen ständig alles in Bewegung ist?

Später packt ihn dann auch noch das schlechte Gewissen, da er natürlich eigentlich weiß, dass selbst die kleinsten Trittspuren in den Dünen zu den größten Schäden führen können. Die Leiche ist Fiktion, ein Zerrbild, dem er nachjagt, der Umwelttrampel ist real.

Am Abend schließt er sich der Zeltplatz-Tradition an und hockt sich auf die alte Spundwand, um den Sonnenuntergang zu beobachten. Die Weinflasche kreist, die Klampfe jammert. Beim Anblick der Sonne, die langsam ins graublaue Meer tropft, muss er unweigerlich an Eileen denken. Er musste wohl langsam akzeptieren, zu sein, wie er ist, und nicht jemand anderes, besseres, tolleres, beeindruckenderes, besser aussehenderes, schlankeres, intelligenteres, geistreicheres zu sein, dem die Frauen in Scharen hinterherlaufen. Vielleicht ließ sich ja doch noch was aus ihm machen, wenn er seine Stärken ausprägen und zeigen würde (die müsste er dazu allerdings erst einmal finden). Vielleicht konnte er Eileen dann doch noch von sich überzeugen? Oh Gott, auf so viele philosophische Gedanken brauchte er erst einmal ein Bier. Nicht, dass er sich nachher von dem ganzen Esoscheiß hier noch anstecken lässt.

Tag 5

Tja, Hitze, das war's wohl. „Sanft trommelt der Regen auf das Zeltdach", wäre doch auch ein schöner Satz für sein Buch. Wahrscheinlich hat sein Held gerade eine romantische Nacht mit einer Dorfschönheit verbracht. Ihm ist jedenfalls einfach nur saukalt und er fühlt sich ziemlich überflüssig und allein an diesem Ort, an dem er gerade – zwangsweise – ist.

Also würde er das schlechte Wetter (ja, ja, er weiß, dass es das bekanntlich nicht gibt) jetzt nutzen, um halbwegs unauffällig um die Zelte zu schleichen und zu überprüfen, ob irgendwo ein Holzhering fehlt.

Die sturmfesten Zelte der Marke „Privat" liegen wie gestrandete Wale entlang des Zauns und blicken über die Salzwiesen. Leise spaziert er zwischen den Zelten herum und versucht einen möglichst unbeteiligten Eindruck zu machen, als würde er nur rein zufällig vorbeikommen. Leider muss er ziemlich bald feststellen, dass es diese Heringe massenhaft gab. Jedes einzelne „Privat"-Zelt ist mit gefühlt hunderten Holzheringen befestigt und verschmilzt beinahe mit dem Sandboden.

Er hatte inzwischen verstanden, dass der Zeltplatz in unsichtbare Areale eingeteilt war: am Zaun, in den Dünen und auf der Wiese. Und in allen Bereichen das gleiche Bild: Holzheringe über Holzheringe und keiner scheint zu fehlen. Das Texastal war erst vor wenigen Jahren für Zelte geöffnet worden und zählt eigentlich nicht. Kein erstzunehmender Zelter würde jemals dort sein Zelt aufschlagen.

Könnte er sich unauffällig bei Sven erkundigen, ob kürzlich jemand einen solchen Hering gekauft hat? Vielleicht sollte er auch versuchen, etwas über die Papierart rauszukriegen. Und mit der Schrift könnte er sich auch beschäftigen.

Aber wie stellte er das am besten an? Wenn er wieder anfing, Fragen zu stellen, würde er bei seinem Talent sowieso gleich wieder auffliegen. Und er hatte mal gedacht, dass es zum Handwerkszeug eines guten Journalisten gehören würde, die richtigen Fragen zu stellen. Hieß das jetzt etwa, er ist kein guter Journalist? Oh nein, jetzt bloß nicht auch noch eine Sinnkrise. Als wenn er nicht schon genug Probleme hätte.

Also der Reihe nach. Weiter mit den Heringen. Er geht zu Sven und tut so, als wolle er einen Holzhering kaufen. „Tut mir leid. Den letzten habe ich vor drei Tagen verkauft. Die nächste Lieferung kommt erst übermorgen. Du kannst auch die langen Sandheringe aus Metall oder Plastik nehmen. Die halten auch." Ja, ja, das will er ja gar nicht wissen. „Wer war es denn", fragt er Sven, „der ihn gekauft hat? Vielleicht hat er ihn nur als Ersatz gekauft und ich kann ihm den abkaufen." „War ein Kind, wenn ich mich recht erinnere."

Vor drei Tagen. Vom Zeitpunkt her würde das passen. Und ein Kind vorzuschicken, um nicht entdeckt zu werden, vielleicht gegen ein Eis als Belohnung, war bei dem Überfluss an Kindern hier natürlich simpel. Wie sollte Sven sich das auch merken, wer genau das war, bei dem regen Betrieb in seinem Kiosk? Schon bewundernswert, dass er überhaupt noch weiß, wann das war.

Und wie sollte er das Kind jetzt finden? Aussichtslos. Er kann ja auch nicht alle Kinder auf dem Zeltplatz ausfragen. Das würde ja total auffallen. Vom Unmut der Eltern über die Belästigung ganz abgesehen. Den wollte er sich nun wirklich nicht zuziehen.

Weiter mit Punkt 2: Der Zettel war mit einem Kugelschreiber geschrieben. Das ist natürlich so banal, dass sich keine weitere Recherche lohnt. Die Schrift schien die eines Mannes zu sein. Und weiter? Einen Graphologen hatte er gerade nicht zur Hand.

Da war das Papier schon interessanter. Es schien nicht einfach aus einem stinknormalen Schreibblock zu kommen. Das Papier war relativ fest und schwerer als gewöhnliches Papier. Die Farbe war ein leicht gebrochenes Weiß, Eierschale oder so, und nicht dieses unelegante „holzfrei, weiß". Der Zettel war aus einem größeren Stück Papier herausgerissen worden. Als er es gegen das Licht hält, kann er in der Ecke den Teil eines Wasserzeichens erkennen. Tja, wenn er jetzt Internetzugang hätte, könnte er vielleicht rausfinden, ob es sich um ein gewöhnliches Wasserzeichen einer Papiermarke handelt oder ob es etwas Besonderes war. Hatte er aber nicht. Aber wie konnte der Täter nur so unvorsichtig sein?

Im Dorf gibt es ein Internetcafé. Deshalb heißt es mal wieder: ewiges Gelatsche für jede auch noch so kleine Information. Trotz Regens macht er sich auf den Weg. Seine Recherche ist etwas mühsam. Es gibt einige Papiermarken, die ein eigenes Wasserzeichen haben. Da kann er jedoch keines entdecken, das Ähnlichkeit mit seinem hat. Offenbar ist es auch nicht besonders schwierig, über das Internet Papier mit einem eigenen Wasserzeichen herstellen zu lassen. Und Wappen gibt es so unendlich viele, dass es unmöglich ist, nur mit dem Bruchteil, das er hat, herauszufinden, welches es war. Aber eines ist klar, es ist kein x-beliebiges Papier, sondern musste eine Sonderanfertigung sein.

Tag 6

Gegen halb fünf wird er von einem lauten Geräusch geweckt. Es dauert ein bisschen, aber dann kapiert er es. Draußen tobt ein heftiger Sturm und der Wind zerrt an seiner dünnen Zeltplane. Das ganze Zelt neigt sich gefährlich zur Seite und der Zeltboden scheint abheben zu wollen. Wie zerbrechlich doch so eine Existenz werden kann. Im Nu ist er auf den Beinen und draußen. Die erste Zeltleine ist gerissen und die flexiblen Stäbe biegen sich beängstigend und drohen zu brechen.

„Das Wetter auf den Nordseeinseln soll wechselhaft sein", hatte ein wohlmeinender Kollege ihm noch mit auf den Weg gegeben. Wie Recht er doch hat. Und leider gehören im Moment Sturm, Regen und Gewitter zum Sortiment. Er rennt ums Zelt, um zu retten, was zu retten ist, rammt immer wieder die Heringe zurück in den Boden, wo sie innerhalb von Sekunden wieder rausflutschen, löst einige Stangen aus den Ösen, um den Druck zu mindern. Und ansonsten heißt es einfach mit aller Kraft festhalten, damit das Zelt nicht über Dünen und Salzwiesen davonfliegt. Hätte er gestern bei Sven doch bloß Plastikheringe gekauft, als er zum Schein Holzheringe kaufen wollte.

Nach anderthalb Stunden Kampf flaut der Sturm ab und X. sinkt erschöpft zusammen. Er hat es tatsächlich geschafft. Die Plane ist nicht gerissen, keine Stange gebrochen. Ein paar Leinen sind kaputt, aber das lässt sich reparieren. Und es ist noch da, das Zelt, einfach noch da. Was für ein beglückender Anblick.

Nach einer Weile merkt er, dass ihm kalt ist, eiskalt. Kein Wunder, er ist klatschnass, nass bis auf die Knochen. Erst jetzt fällt ihm das überhaupt auf. Er macht sich auf zu den Duschen, um sich wieder aufzuwärmen. Und nun bemerkt er auch, dass er wohl nicht der einzige war, der zu kämpfen hatte, um sein Hab und Gut zu retten: Alle Duschen sind besetzt! Nur die „Privat"-Zelter schlummern wahrscheinlich noch in ihren weichen Daunenschlafsäcken und träumen süß.

Also was soll's, dann geht er eben in eine der kalten Außenduschen – Schocktherapie, um die Durchblutung zu fördern. Sonst würde er die nicht freiwillig betreten. Reicht ja, wenn die sportlichen, gesunden, naturverbundenen, glücklichen Zelter hier duschen, wenn sie aus der für seinen Geschmack viel zu kalten Nordsee kommen. Aber noch schlimmer kann's ja jetzt nicht mehr werden.

Und dann sieht er etwas auf dem Boden in der Ecke liegen: ein Fetzen rot-schwarzer Neoprenhaut. Genauso wie er sie sich vorgestellt hat und wie er gehofft hatte, sie in den Dünen zu finden. Als wenn ihm das jetzt nicht scheißegal wäre. Aber aufheben tut er sie trotzdem. Und jetzt in den Schlafsack und nichts mehr von der Welt wissen.

Zwei Stunden später wacht er wieder auf und die Neugier packt ihn doch. Er nimmt das Stück aus der Dusche wieder zur Hand und sucht nach dem schwarzen Fetzen, den er in den Dünen gefunden hatte. Und was muss er feststellen? Die Art des Stoffes ist identisch. Auch das Schwarz sieht gleich aus (Gibt es unterschiedliches Schwarz?). Könnte es sein, dass dies beides Teile des gleichen Neoprenanzugs sind?

Gegen Mittag lässt der Regen nach und als sich später nur noch ein lichtes Grau über den Himmel spannt, beschließt er, ins Dorf zu gehen und etwas über das Neopren zu erfahren. Einen Sportklamottenladen wird es ja wohl geben.

Gibt es auch. Der junge Verkäufer ist so begeistert, dass sich endlich einmal jemand für sein Fachwissen interessiert, dass er es bereitwillig teilt und gar nicht merkt, wie ungewöhnlich X.s Fragen sind und dass seine Figur auch nicht recht zu einem Sportler passen will. Ja, Kleidung aus diesem Stoff wird in der Regel beim Kajakfahren getragen. Nein, bei ihm gibt es diese spezielle Kleidung nicht. Das Muster des Stoffs ist typisch für die niederländische Marke Knackx, die führt er nicht. Ist eh' nur selten in deutschen Läden zu finden. Sie ist bei Niederländern und Briten sehr beliebt.

Beschwingt von diesen neuen Informationen, die ihn ein Stück weiterzubringen scheinen – der Tote muss also tatsächlich einer der niederländischen Kajakfahrer gewesen sein –, macht er einen Rundgang durchs Dorf. Vorbei geht es an der alten, schnuckeligen Inselkirche und dem urigen Inselmuseum. Die schmalen Wege führen ihn an alten Friesenhäusern mit niedrigen Dächern entlang, alles hübsch restauriert, zurechtgemacht und üppig begrünt. Rosen, Bänke, Bäume. Sogar der Friedhof ist beschaulich. Dann kommt tatsächlich noch eine Pferdekutsche um die Ecke.

Diese pittoreske Idylle ist die perfekte Kulisse für alles Mögliche – nur nicht für einen Krimi. Womöglich war das sogar im Winter noch schön. Vielleicht sollte er A... fragen, ob er nicht lieber was Rosamunde-Pilcher-mäßiges schreiben soll. Aber die Blöße kann er sich natürlich nicht geben. Sonst denkt A... noch, er kann keinen Krimi schreiben. Krimis kann doch jeder schreiben!

Genug der trüben Gedanken an seinen Auftrag, jetzt macht er erst einmal blau und genehmigt sich eine fettes Stück Sahnetorte beim Inselbäcker.

Auf dem Weg zurück überholen ihn mehrere Mamas und Papas mit ihren Lastenfahrrädern, beladen mit blondlockigen Kindern. Er muss fast in die Hagebutten springen, um nicht über den Haufen gefahren zu werden, so eng wird es auf dem Weg. Können die Gören nicht selber laufen? Den Gedanken „Das hat es früher nicht gegeben." unterdrückt er lieber schnell wieder. Sonst fühlt er sich noch älter als sowieso schon. Und setzt seinen Weg miesepetrig fort.

Tag 7

Bergfest! Nur noch eine Woche, dann kann er diesem Ferien-Elend endlich entkommen. Wobei „Fest" ist eindeutig der falsche Ausdruck. Er fühlt sich tot – tot im Texastal. Klingt eigentlich ganz gut, wenn es dabei nicht um seinen Zustand gehen würde.

Da das Wetter heute Morgen bewölkt und trocken war, war er auf die wahnsinnige Idee gekommen, eine Wanderung durch den Ostteil der Insel, die sogenannte Ostplate, zu unternehmen. Wenn er vorher gewusst hätte, was das bedeutet, hätte er es gelassen. Der gesamte Osten ist ein riesiges Naturschutzgebiet, das nur auf wenigen gekennzeichneten Wegen in einem endlosen, viele Kilometer langen Bogen umrundet werden kann. Also absolut ideal, um eine Leiche zu verstecken. Vielleicht hatte der Mörder sie mit dem Kajak hierher transportiert. Die ganze Zeit hatte er Ausschau nach kreisenden Vögeln gehalten, aber es war nichts zu entdecken gewesen. Auch sonst hatte er nichts entdeckt. Außer nichtkreisenden Vögeln.

Mühsam hat er sich aus dem Wilden Osten zurückgeschleppt, vorbei am Internat (was mussten die Kinder verbrochen haben, dass ihre Eltern so grausam waren, sie hierher zu verbannen), quer durchs ganze Dorf bis zum Bahnhof, wo wundersamer Weise gerade die Museumspferdebahn abfahren sollte und ihn immerhin bis zum Westend brachte (Die ganze wunderbare Romantik glitt allerdings vollkommen unbemerkt an ihm vorbei). Wie er es dann in den Wilden Westen bis zum Zelt geschafft hatte, ist nicht mehr so ganz klar.

Und jetzt fühlt er sich wie ein Wrack, alles tut weh und ist irgendwie kaputt. Zum noch nicht ganz verheilten Sonnenbrand gesellen sich nun fiese Blasen an den Füßen. Überall und in jeder Ritze und Falte kratzt der Sand. Und das, wo er jeden Morgen sowieso schon mit Rückenschmerzen aufwacht. Die werden morgen früh bestimmt ein besonderer Genuss. In diesem Zustand würde man für ihn noch nicht mal mehr eine Abwrackprämie bezahlen. Außerdem wird er das Gefühl einfach nicht los, auf der Stelle zu treten, was den Fall anging. Wenn das mit seinen Füßen überhaupt noch ginge.

Wie jeden Abend machen sich die Jugendlichen wieder auf ins „La Marie" (Was für ein blöder Name! Französisch auf einer Nordseeinsel.), wo der coole Szenewirt Theo hinter der Theke steht. Ob er da auch mal hingehen soll? Rein interessehalber. Oder macht er sich da zum Larry? In seinem Alter! Aber heute Abend geht sowieso gar nichts mehr.

Tag 8

Heute kann er nichts machen, null, Ende Gelände. Er kann sich überhaupt nicht rühren. Nichts denken, nichts sprechen. Alles tut weh. Krimi egal, Leiche egal, alles egal.

Stunden später schleppt er sich zu Svens Bude und lümmelt sich mit einem Kaffee davor. „Hier ist nix los, total tote Hose", ätzt er, obwohl ihm das heute gerade recht ist. Einfach nur, um seine schlechte Laune mitzuteilen. „Man wartet die ganze Zeit darauf, dass etwas passiert, aber es passiert nichts. Das ist das Urlaubsgefühl auf Spiekeroog", erklärt sein Banknachbar ungerührt und lehnt sich gemütlich zurück.

X. nutzt die Gelegenheit und beobachtet die Zeltplatzbewohner bei dem recht kühlen Wetter. Sie tragen oben Wollpullover, unten kurze Hose und laufen barfuß. „Wie halten die das bloß aus?", denkt er frierend. Was sind das bloß für Typen, die hier auf Naturburschen machen. Und erst die Frauen: Schreckschrauben in jeder Altersstufe, Form und Farbe. Keine, die auch nur annähernd an „seine" Eileen heranreichen würde.

Vor dem Kiosk ertönt die endlose Litanei, der die Eltern ständig ausgesetzt sind: „Kaufst Du mir ein Eis?" Er kann Kinder einfach nicht ausstehen. Unvorstellbar, selber welche zu haben. Er hatte mit Eileen nie darüber gesprochen. Ob das der Grund war?

Eigentlich hatte er sich vorgenommen, jeden Tag fleißig Tagebuch zu schreiben auf seiner „Feldforschung", um viel Material zu sammeln, aber … naja. Außerdem – so langsam konnte er diesem trägen Fließen etwas abgewinnen. Sein Kommissar (oder doch lieber Privatdetektiv?) wird ein fauler Arsch – das ist die Idee! Ein Krimi im Garfield-Modus. Nur, dass es auf dem Zeltplatz keinen Ofen zum Wärmen der Lasagne gibt. A… wird toben. Hätte er halt mal bessere Vorgaben machen sollen. Aber dazu ist er ja zu fantasielos.

Der Gedanke macht richtig gute Laune, aber die hält leider nicht lange an. Ihn erreicht ein Anruf von A…: „Wie weit sind Sie?" Das hat ihm gerade noch gefehlt. Warum ist er überhaupt ans Handy gegangen. Hier gibt es doch keinen Strom. „Alles klar, Chef!", nuschelt er; und schon ist die gute Laune wieder verhagelt.

Er lässt die Gedanken wie nebenbei um seinen Spiekeroog-Krimi kreisen: Ein paar plattdeutsche Einsprengsel wären bestimmt ganz gut. Für die authentische regionale Färbung. Vielleicht sollte er einfach die Sprüche abschreiben, die auf den rustikalen Holzbänken zum Ausruhen einladen. Ausruhen passte doch gut zu seinem faulen Helden. So könnte er wenigstens etwas Sinnvolles tun. Jedenfalls später, jetzt kann er sich absolut nicht bewegen.

Gerade hatte er noch an Plattdeutsch gedacht. Deshalb ist er jetzt umso verwunderter, als es ihm aus einem blauen Fischerhemd fröhlich entgegen schwäbelt: „Kommscht auch heudä Abänd vorbeii? Mir fahret jetzt naus zum Angäln." Schwaben auf Spiekeroog – muss das sein? Das musste er in seinem Krimi auf jeden Fall weglassen. Das stört die ostfriesische Idylle. Er braucht originales Lokalkolorit.

Treffpunkt für das Aalessen am Abend, zu dem er aus ihm völlig unerfindlichen Gründen eingeladen worden war, ist an der ehemaligen Rettungsstation, in der heute der Zeltplatzwart sein Büro hat und die Zeltplatz-Stammgäste ihre Zelte und Ausrüstung über Winter einlagern können. In rotem Backstein trutzt sie hoch auf der Düne wie eine Burg. Hierhin hätte er sich retten können, wenn es sein Zelt bzw. er nicht gegen den Sturm geschafft hätte. Hätte er nur wissen müssen.

Er sitzt verwundert in dieser bunten Runde aus Nord- und Süddeutschen und fühlt sich eigentlich ganz wohl. Er fühlt sich zwar als Außenseiter, aber trotzdem ist die Atmosphäre angenehm. Seine Gedanken beginnen abzuschweifen. Der Fall dieses unsichtbaren Toten scheint ihm immer mehr zu entgleiten. Wie einen glitschigen Aal bekommt er ihn nicht zu packen. Er bekommt einfach kein Ende zu fassen. Nichts passt zusammen. Kein Hinweis ergibt einen Sinn. Keine Spur führt weiter. Ihm vergeht der Appetit.

Tag 9

Am nächsten Morgen versucht er sich von den Gedanken des Vorabends nicht weiter runterziehen zu lassen. Mit frischem Mut überlegt er, wie er dem Geheimnis des Kajak-Mordes doch noch auf die Schliche kommen kann. Da sein einziger Ansatzpunkt die Kleidung des Toten ist, muss er hier weitermachen.

Der Tote war ein Kajakfahrer und trug einen Anzug aus Neopren. Es gibt doch auch noch andere Wassersportarten, bei denen man solche Anzüge trägt, überlegt er. Die Spiekerooger Surfschule kommt ihm in den Sinn. Vielleicht kann er dort etwas entdecken, das ihm weiterhilft. Aber diesmal will er nicht mit seltsamen Fragen auffallen. Zur Tarnung wird er an einem Kurs teilnehmen und alles genau beobachten.

Er macht sich auf den Weg zur Schule und hat Glück. Noch heute kann er mit einem Schnupperkurs im Kite-Surfen beginnen. So richtig behagt ihm das nicht. Als wäre surfen alleine nicht schon anspruchsvoll genug, aber dabei gleichzeitig auch noch einen Drachen steigen lassen … Aber er hat keine andere

Wahl. Wenn er jetzt weiterkommen will, muss er die Gelegenheit ergreifen. Auch einen Neopren-Anzug kann er sich ausleihen.

Sie sind zu viert in dem Kurs. Die meisten sehen zum Glück auch nicht wie die Idealsportler aus, was ihn ein bisschen beruhigt, und der Lehrer ist sympathisch und locker drauf. Bevor es losgeht, geht er nochmal schnell aufs Klo. Dort steht mit schwarzem Edding an der Wand: „TONIGHT I'M SWIMMING TO MY FAVOURITE ISLAND". Hoffentlich muss er in der nächsten Stunde nicht zu viel unfreiwillig schwimmen und Wasser schlucken auf dieser Insel, die nicht sein Favorit ist. Und hoffentlich stellt er sich nicht total dusselig an. Welche Opfer man doch auf sich nimmt für nichts weniger als die Wahrheit.

So, das Beobachten geht los. Und sofort fällt ihm etwas auf, das ihm den Atem stocken lässt: Einer der Teilnehmer trägt keinen ausgeliehenen Anzug wie er und die anderen zwei, sondern seinen eigenen. Und das Muster sagt es ihm gleich, das typische Muster, das er schon von dem Neopren-Fetzen kennt. Der Anzug kann nur von der Marke Knackx sein. Darüber täuscht auch die schwarz-blaue Farbkombination nicht hinweg. Den muss er im Auge behalten, was gar nicht so einfach ist, will er sich bei der Trockenübung mit den Kite-Schnüren nicht total verheddern.

Der Mann ist großgewachsen und hat eine sportliche Figur. Bei solchen attraktiven Typen zeigt er gleich Abwehrsymptome. Neben denen fühlt er sich immer so schrecklich minderwertig. Der andere würdigt ihn keines Blickes. Wahrscheinlich treibt er irgendeine andere Wassersportart, die ihm zu seinem Anzug verholfen hat. Was, wenn das man nicht das Kajakfahren ist? Irgendwie kommt er ihm seltsam vertraut vor. Und nach einer Weile fällt sein Groschen: Er wohnt auch auf dem Zeltplatz! Gestern Abend hat er ihn schon beim Aal gesehen.

Irgendwann ist die Stunde tatsächlich rum und er kann sich wieder aus der unvorteilhaften Haut schälen. Schnell, schnell, denn er will an dem Verdächtigen – er tauft ihn kurz V. – dranbleiben. Mal sehen, was der noch so treibt und was ihn hoffentlich weiterbringt. Aber seine erste Beschattung von V. verläuft nicht sehr spektakulär, denn der geht einfach nur zurück zum Zeltplatz und lümmelt vor seinem Zelt rum, ganz privat. Das steht natürlich nicht im Texastal, weswegen sich X. möglichst unauffällig zwischen den anderen Zelten herumdrücken muss. Ab und an geht V. mal zu Sven oder zum Klo.

Es wird Abend und spät und später. Soll er ihn auch heute Nacht beschatten? Er darf ihn nicht aus den Augen verlieren. Wenn er was vorhat, zum Beispiel die Leiche an einen neuen Ort bringen oder überprüfen, ob sie noch richtig unter dem Sand versteckt liegt, wird er sicher die Dunkelheit der Nacht dazu nutzen. Eigentlich ist die Nacht ja seine liebste Zeit und sein Freund, hinter dem er sich verstecken kann. Aber diese ständigen Outdoor-Aktivitäten, denen er sich hier widmen muss, machen in ganz schön fertig.

Am Ende entscheidet er sich für die Variante der Halbbeschattung. Die hat er jetzt mal schnell aus reinem Pragmatismus erfunden, denn nur in Büchern kommen Detektive ohne Schlaf aus. Als V. sich schlafen legt, geht auch er in sein Zelt und stellt sich seinen Wecker auf eine Stunde später. So vergeht die Nacht. Stündlich kontrolliert er, ob V.s Schuhe noch vor dem Zelt stehen. Wenn er sich auf den Weg zur Ostplate machen sollte, hätte er immer noch die Möglichkeit, ihn einzuholen. Zur

Not muss er sich dann eines der zahlreichen Zelter-Fahrräder „ausleihen". Zum Glück kommt es nicht dazu und das ständige Aus-dem-Schlaf-gerissen-werden-aus-dem-Zelt-kriechen-und-nach-den-Schuhen-Schauen bleibt seine einzige Aktivität.

Tag 10

Todmüde, aber zufrieden, dass er die Schwierigkeiten der Nacht gemeistert hat, beginnt er den neuen Tag. Wobei sich das mit der Zufriedenheit in Grenzen hält, denn er hat nichts Neues in Erfahrung gebracht. Aber er würde seine Beobachtung auf jeden Fall fortsetzen und legt sich gleich auf die Lauer.

Die Lauer führt ihn nach dem üblichen Morgengeplänkel – gemütlicher Schwatz beim Kaffee vor Svens Kiosk, ausgedehnte Klositzung im Waschhaus, nachdem die Warteschlange bezwungen wurde – an den Strand. Denn heute steigt das ultimative Beachvolleyball-Turnier, ohne das eine Zeltplatzsaison unvollständig bliebe. V. nimmt mit seinem gestählten Körper natürlich daran teil. X. verdöst die Zeit im Sand liegend und langweilt sich zu Tode. Was für ein sinnloser Sport. V. hat offenbar alle Zeit der Welt, Zeit zu warten. Aber worauf? Auf welche Gelegenheit wartet er? Irgendwann muss er doch irgendetwas tun. Täter kehren doch angeblich immer an den Ort ihrer Tat zurück. Nur wann? Ihm läuft langsam die Zeit davon. Nur noch vier Tage. Und er ist hier zur Untätigkeit verdammt. Dieses Turnier muss doch irgendwann zu Ende sein, verdammt!

Am Nachmittag steht ein anderes Highlight auf dem Programm: das jährliche Dorffest. Ob groß, ob klein, den ganzen Zeltplatz zieht es dorthin, um dem Musikprogramm zu lauschen, die Stände mit Kunsthandwerk zu bewundern, sich durch die Essensangebote zu probieren oder einfach die trubelige Atmosphäre in den engen Gassen zu genießen. Im Windschatten von V. macht sich X. ebenfalls auf den Weg, obwohl er bei solchen Massenveranstaltungen lieber genau in die entgegengesetzte Richtung geht. Aber zum Vergnügen ist er ja eh nicht hier.

Und V. hier im Auge zu behalten, ist gar nicht so einfach. Er darf sich durch nichts ablenken lassen. Ein flüchtiger Blick zur Seite – oh nein, der Stand mit selbstgestalteten Postkarten dort, das ist doch die Mutti aus dem Nachbarzelt – und schon kann er ihn nicht mehr entdecken. Doch da. Zum Glück ist V. relativ groß und taucht immer wieder auf.

Und so schiebt er sich mit allen anderen, immer „schön" auf Tuchfühlung, von West nach Ost durch den Ort. Doch da, er glaubt seinen Augen nicht zu trauen. Das kann doch nicht sein. Sollte sie tatsächlich hier sein? Hatte sie etwa gehört, wo er steckt und war nachgekommen? Das gleiche schön gewellte Haar, die aufrechte Statur. Das muss sie doch sein. Schnell hinterher. Doch als die Frau sich umdreht, ist alle Ähnlichkeit verschwunden. Ein völlig unbekanntes Gesicht guckt ihn fragend und leicht genervt an. Wie kann er nur so vertrottelt sein und ernsthaft glauben, Eileen würde zu ihm kommen. Was für eine absurde Hoffnung. Warum konnte er nicht einfach endlich den Tatsachen ins Auge sehen?

Und schon schießt ihm der nächste Schreck durch die Glieder. Wo ist V.? Eben stand er doch noch an der Würstchenbude und hat mit 'nem Typen mit Botanik im Bart gequatscht. Und jetzt? Verdammt, wo steckt er? Eine Weile läuft X. noch hektisch hierhin und dorthin, aber V. bleibt wie vom Erdboden verschluckt. Scheiße, das war's. Mission impossible, jedenfalls für so einen Helden wie er einer war.

Also, was soll er dann noch hier in dieser unerträglich fröhlichen, engen Urlaubermenge. Er macht sich auf den Rückweg. Natürlich fängt es auch noch tierisch an zu schütten und nirgends gibt es eine Gelegenheit zum Unterstellen. Als wollte der Regenguss ihn noch nachdrücklich daran erinnern, wie unfähig er ist. Wie ein begossener Pudel erreicht er endlich sein Zelt.

An Schlafen ist natürlich nicht zu denken. Dazu ist es noch viel zu früh. Dabei würde er jetzt am liebsten einfach sein Gehirn abschalten und seine Niederlage (oder besser: Niederlagen) vergessen. So leicht war er also unterzukriegen. Konnte er das wirklich auf sich sitzen lassen?

Nach einer Weile kommt ihm ein Gedanken: Wenn es noch so früh ist und noch alle auf dem Dorffest sind, ist es doch wahrscheinlich, dass das auch auf V. zutrifft. Das wäre doch die Gelegenheit, sich heimlich in sein Zelt zu schleichen und es nach dem passenden Papier oder nach einer Schriftprobe oder so zu durchsuchen. Konnte er das irgendwie unbemerkt anstellen? Er musste es unbedingt unbemerkt erledigen. Sonst wäre die Hölle los. Wenn er beim Schnüffeln erwischt werden würde, würde sich das sofort herumsprechen, wie es sich für ein anständiges Dorf gehört, ob nun Häuser oder Zelte, und er könnte keinen Moment mehr hierbleiben.

Er müsste sich zur Vorbereitung eine Ausrede einfallen lassen, für den Fall der Fälle. Aber welche? Vielleicht, dass V. ihm gesagt hätte, er könne sich das oder das aus seinem Zelt holen. Aber das war total unglaubwürdig. Wenn nun jemand V. danach fragen würde. Er kannte ihn ja gar nicht und hatte nie mit ihm gesprochen. Oder, dass ihm ein Kind etwas vor seinem Zelt gemopst hätte, Schuhe oder so, als Streich, und dass er meinte, gesehen zu haben, dass es in dem Zelt verschwunden war. Ja das könnte gehen.

Oder? Wenn er noch lange hier sitzen und grübeln würde, wäre bald der ganze Zeltplatz wieder bevölkert und sein ganzer Plan bliebe graue Theorie. Er muss sich endlich überwinden und losgehen. Gar nicht so einfach, wenn man nicht so besonders mutig ist. Er erinnert sich an eine Textstelle aus einem alten Kinderbuch, die ihm immer gut gefallen hatte, da er auch damals schon ein Schisser war und nicht um eine Ausrede verlegen: „Seid mutig – aber nicht unvorsichtig!"

Ohne weiteres Nachdenken schlüpft er in V.s Zelt und macht sich leise ans Werk. Zwischen Sportklamotten und dreckiger Unterwäsche arbeitet er sich systematisch von links vorne nach hinten durch und auf der rechten Seite wieder zurück. Ständig lassen ihn Schritte, die vorbeigehen, innehalten. Sein Herz rast und er ist total durchgeschwitzt. Obwohl er jedes Stückchen anhebt und in jedes Eckchen guckt – ganz schön geräumig, so ein „Privat"-Zelt, im Gegensatz zu seinem –, findet er nichts. Um genau zu sein, hat er überhaupt kein Papier gefunden, nicht nur das spezielle Papier mit dem Wasserzeichen nicht. Der war wohl so eine Sportknalltüte, für die der Anblick eines Stücks Papier schon intellektuelle Magenkrämpfe verursachte. Auch keine einzige Schriftprobe war zu entdecken. Klar, so jemand schreibt ja auch nicht. Das Papier musste ja auch nicht sein eigenes gewesen sein. Und für die drei Sätze der Nachricht reichten seine Schreibkenntnisse wohl aus.

Vorsichtig steckt er seinen Kopf aus dem Zelt. Es ist schon dämmrig geworden und es ist noch immer bedeckt, sodass ihn niemand sieht, als er das Zelt verlässt. Das Gefühl ist so ähnlich wie heute Morgen. Er hat zwar nichts erreicht, aber er ist trotzdem ein bisschen stolz auf sich.

Tag 11

Jetzt hieß es, endlich eine Entscheidung zu treffen. Sein Aufenthalt auf der Insel würde bald vorbei sein. Sollte er auf eigene Kosten verlängern, um den Fall weiter verfolgen zu können? Würde das was bringen? Überschätzte er nicht seine Fähigkeiten? Würde er überhaupt etwas Verwertbares rausfinden? Die Vorstellung, als Held gefeiert zu werden, der ganz allein und gegen alle Widerstände ein Verbrechen aufgeklärt hat, war schon ziemlich verlockend. Die Gefahr, als Vollidiot dazustehen, war allerdings auch ziemlich groß.
Er ist ziemlich verzweifelt und weiß nicht weiter. Wenn nur Eileen hier wäre. Sie wüsste, was jetzt zu tun wäre. War sie aber nicht.

Wenn er ehrlich sein sollte, musste er zugeben, dass er auch einfach keinen Bock mehr hatte. Die Suche nach der Neoprenleiche war einfach aussichtslos. Wieso plagte er sich eigentlich damit ab? Kann ihm doch egal sein, ob es hier irgendwo eine Leiche gibt oder nicht. Was hatte er eigentlich damit zu tun?

Plötzlich reißt der Himmel wie abgeschnitten auf. Die Sonne kommt raus und wärmt sogar ein bisschen. Der Regen des gestrigen Abends verdampft. Warum nicht einfach ein bisschen Urlaub auf Kosten des Verlags machen? Den Krimi könnte er immer noch schreiben – irgendwie. A... würde sowieso nicht hierher kommen und die Fakten prüfen. Der führt seinen sonnengebräunten Superman-Körper lieber an der Côte d'Azur spazieren. Klang da etwa sowas wie Neid durch? Neidisch auf A...? Nie im Leben! Er doch nicht!

Also, die Entscheidung war klar: Er würde die Observierung abbrechen und die Leiche einen toten Mann sein lassen. Lieber begibt er sich auf seinen inzwischen obligatorischen Gang zum Kiosk. Dort traut er seinen Augen nicht. Auf den Bänken vor dem Kiosk sitzt ein Brautpaar mit seiner Festgemeinde und lässt die Gläser klirren. Alles dabei, was man braucht – Kutsche, Brautjungfern und ein schneeweißes Hochzeitskleid. Ja, sind die denn jetzt von allen guten Geistern verlassen? Können die sich für ihr Glück echt nichts Besseres vorstellen, als den „schönsten Tag ihres Lebens" auf dieser grässlich sandigen Insel mit ihrem grässlich nassen Wetter zu verbringen? Völlig entgeistert muss er das Weite suchen, bevor er den Verstand verliert.

Das Liebesglück drückt gewaltig auf seine Stimmung. Vor sich hin brummelnd merkt er nicht, dass er die gesamte Strecke bis zum Hafen läuft. „Alter Stinkstiefel", denkt wohl so mancher Passant, aber das nimmt er gar nicht wahr. Am Hafen angekommen entschließt er sich aus lauter Verzweiflung, an der Wattwanderung teilzunehmen, die gerade startet. Das hat er sich natürlich nicht wirklich gut überlegt. Missmutig kämpft er sich durch die Schlickmassen, ständig bleibt er stecken und alles ist vollgesaut. Zurück kann er auch nicht mehr. Dass das ohne Führer zu gefährlich ist, muss er einsehen. Und dann labert der Typ auch noch irgendwelches Zeug über irgendwelche Würmer und irgendwelche Muscheln, die irgendwie total wichtig sind für das Watt und die Umwelt und das große Ganze. Die Frauen quietschen angeekelt-begeistert und weigern sich, die Würmer auf die Hand zu nehmen. Die Jungs machen sich einen Spaß draus und wedeln mit den zuckenden Watt-Spaghetti vor deren Gesichtern rum, um das Kreischen noch zu erhöhen. Die Männer sind scheinbar wohlweislich gleich an Land geblieben. Warum muss er sich auch immer wie ein Dwarsloper aufführen?

In sentimentaler Stimmung sitzt er abends vor seinem Zelt und beobachtet die Fasanenmutter mit ihren Küken im Schlepptau, die auf der Suche nach Brotkrümeln um die Zelte schleichen. Und die Mutti aus dem Nachbarzelt muss ihn nicht erst darauf hinweisen: Es sind keine Rebhühner! Auch wenn die Fasanenhennen nicht viel Ähnlichkeit mit den bunt geschmückten Hähnen haben. (Wieso geht es in der Vogelwelt nur um so vieles gerechter zu?) Aber die Fasanenväter ziehen lieber allein ihre Runden. Recht so.

Die Nacht ist klar. Die Plejaden leuchten am Firmament, Sternschnuppen fallen in Schwärmen aus der Milchstraße …

Tag 12

Heute würde er es endlich wahrmachen. Er würde seinen Abend im „La Marie" verbringen. Denn heute steht das Konzert von Jonny Depp, äh, Glut auf dem Programm. Alle Frauen auf dem Zeltplatz waren schon den ganzen Tag total aufgeregt.

Um 20 Uhr ist es endlich so weit. Halb Spiekeroog ist auf den Beinen. Eintritt bezahlen, Bier organisieren und dann einen guten Platz an der Seite ergattern, von wo aus er alles genau beobachten kann.

Nach langem Warten kommt endlich die Band auf die Bühne, begleitet von frenetischem Beifall. Die ersten Akkorde werden angestimmt – und das Grauen nimmt seinen Anfang. Die Stimmung ist sofort super, die Texte werden von vorne bis hinten mitgesungen und alle sind glücklich. Außer ihm.

Zwischen „Reservier mir eine Kabine in deinem Herzen …", „Übern Deich", „Gloria" und „Anker & Rosen" fürchtet er, den Verstand zu verlieren. Das gibt ihm eindeutig kein

„Geiles Gefühl". Und das Grauen nimmt seinen Lauf ...

Nach endlosen Stunden und viel Bier nimmt das Grauen immer noch kein Ende. Das Publikum fordert noch eine Zugabe und noch eine. Und zum wiederholten Mal trällert die versammelte Spiekeroog-Fangemeinde „Sand in den Schuhn (von Spiekeroog)", die inoffizielle Spiekeroog-Hymne. La la la la la la la la ...

Das gibt ihm den Rest. „Schiff ahoi". Es ist Zeit zu gehen. Er geht lieber nach Hause. Das Elend kann er sich nicht weiter antun. Sein Zelt sein Zuhause? Er wird ja immer wunderlicher.

Auf dem gesamten Weg zurück schwirren Liedfetzen durch seinen Kopf: „Nase in den Wind" (oder lieber Kopf in den Sand?) und „im Herzen die See". Soviel schräge Seemannspoesie geht ja auf keine Kuhhaut. Zwischen „fernen Sternen" und dem „Meeresgrund" wünscht er sich an einen anderen Ort. „Anker und Rosen auf meiner Haut", und zwar tätowiert. „Du bist mein Stern, du bist mein Rettungsboot." Das soll romantisch sein? „ja, da wußte ich: Hier kann man ganz schnell untergehn". Und natürlich: „Ich hab mein Herz verlor'n in Spiekeroog". Das würde ihm wohl eher nicht passieren.

Sich „die Ferne aus der Nähe anseh'n" und „mit der Welt unterm Arm" zurückkommen ist natürlich ein durchaus weises Lebensmotto, wenn man nicht im dumpfen Provinzmief verrotten will. Aber muss das so gequirlt ausgedrückt werden?

„Und sagte dann so nebenbei:
„Mein Junge, das hier ist 'ne Karawanserei,
Hier ziehn 'ne Menge Nomaden vorbei",
Und dann hab ich in der Ferne
Die Zelte gesehn,
Und die Sonne war gerade am untergehn
…"

„In meinem Herzen da rollt die See", denkt er noch, als er sich in seinen Schlafsack rollt, und fühlt sich, als wäre er „durch Wellenweiten geritten".

Alle Zitate aus Jonny Glut: Eine Kabine im Herzen, 2000, ARTyCHOKE artist productions.

Tag 13

Gegen Ende jedes Kriminalromans steigert sich der Spannungsbogen ins Unermessliche. Der Ermittler oder ein weiteres Opfer gerät in höchste Gefahr und wird in letzter Sekunde heldenhaft gerettet. Dem Leser ist es unmöglich, das Buch aus der Hand zu legen. Essen, Trinken, Schlafen, nichts ist mehr wichtig. Doch wo sollte er in dieser gepflegten Langeweile einen High Noon hernehmen?

Den ganzen Tag hatte er damit zugebracht, alle seine Erlebnisse und Beobachtungen, Anekdoten und Stichworte aufzuschreiben. Dies sollte ihm als Futter dienen, damit er in den nächsten Tagen am heimischen Schreibtisch (mit Laptop!) seinen Krimi runterschreiben konnte. Das Thema musste ja trotzdem irgendwie erledigt werden. Und er wollte das jetzt auch endlich weghaben. Er freute sich geradezu, in der Redaktion wieder Artikel für den Lokalteil zu schreiben. Der Lokalteil einer Stadtzeitung wohlgemerkt.

Was „seinen" Fall anging, hatte er aufgegeben. Er musste wohl einsehen, dass ihm die Fähigkeiten dazu fehlten. Er war einfach kein zweiter Kojak, obwohl es im Kiosk genügend Lollis gegeben hätte.

Am Abend bummelt er wieder beim Waschhaus vorbei. Er will schon mal seine Zeltmarke einwerfen, damit er das am nächsten Morgen nicht vergisst. Bevor er um die Ecke biegt, hört er plötzlich die Unterhaltung zwischen zwei Jungs und lauscht: „... und dann war da so ein komischer Mann im Schwimmanzug, der hat gesagt, wenn ich den Zettel in den Kasten werfe, gibt er mir fünf Euro." – „Cool Alter!" X. schießt um die Ecke und sieht die beiden noch zum Spielplatz flitzen. Dort angekommen sieht er einen Haufen Kinder, die um die Tischtennisplatte rennen und einen Tennisball mit der Hand hin und her spielen. Und wer von denen ist jetzt der Junge mit dem Zettel? Die sehen doch alle gleich aus. Soll er die Kinder jetzt etwa ansprechen und fragen, wer den Zettel eingeworfen hat und wie der Mann aussah? Für die sehen doch Erwachsene eh alle gleich aus, oder? Und was macht er dann mit der Information? Zum Dorfpolizisten gehen? Er macht sich doch nicht zum Affen! – und geht zum Zelt.

Tag 14

Das war also das Ende. Auf dem Weg zum Hafen fühlt er sich schlicht und ergreifend wie ein Looser. Anders kann er sich nicht bezeichnen. Keinen Mord aufgeklärt (den es nicht gab), keinen Krimi geschrieben und auch sonst nichts Bemerkenswertes zustande gekriegt. Nur tierische Rückenschmerzen bekommen.

Vor Selbstmitleid zerfließend latscht er zur Fähre – verpasst! Scheiße! Wann fährt die nächste? In fünf Stunden. Verdammte Tide. Er erkundigt sich: „Gibt's keine Wasser-Taxen?" „Ist doch nicht Venedig hier!", lautet die Antwort.

Also, was macht er jetzt so lange? Er beginnt einen Rundgang durch das Dorf. Soll er sich jetzt wieder in den Rosengarten setzen und meditieren? Ha, nee. Da hat er eine bessere Idee. Jetzt genehmigt er sich erst einmal eine gepflegte Mahlzeit. Nicht so einen Pamps, den er selber auf seinem Kocher zubereiten muss. So kommt er vielleicht doch noch zu seinem Krabbenrührei. Er geht zum besten Haus am Platze, stößt sich beim Eintreten tierisch den Kopf und stöhnt: „Die spinnen, die

Insulaner!" Man pflanzt sich doch keine Bäume vor die Tür.

Aber das Essen ist köstlich und versöhnt ihn ein bisschen mit den letzten zwei Wochen, die so anders waren als der übliche Trott, der sonst seinen Alltag prägt.
Er kramt in seiner Hosentasche nach ein paar Münzen als Trinkgeld. Aber was ist das? Was findet er stattdessen? Die Zeltmarke, die er bei seiner Abreise in den Kasten am Waschhaus hätte werfen müssen! Vergessen – zu spät. Ob Claus das merkt? Zum Glück kommt er nie wieder. Oder doch?

Zum Abschied fängt es wieder an zu regnen. Zum Glück steht im Hafen seine Fähre schon bereit und er begibt sich unter Deck. Ein einheimischer Passagier unterhält sich auf Platt mit einem Besatzungsmitglied. Platt! Noch was vergessen. Die plattdeutschen Sprüche von den Bänken hatte er aufschreiben wollen. Die hat er doch nicht im Kopf.

Die Fähre legt endlich ab. Aber, Moment mal, wo fährt die denn jetzt hin? Er erfährt: Die Fähre nach N'siel macht einen Umweg an den Seehundbänken vorbei. Das K für Kombinationsfahrten hat er auf dem Fahrplan glatt übersehen. Aber er hat ja sowieso keine andere Wahl, wenn er heute noch von der Insel kommen will.

Er stellt sich mit seiner Zigarette an Deck in den schon wohlvertrauten Nieselregen und guckt, was es so zu sehen gibt, oder auch nicht. Wegen schlechten Wetters sind keine weiteren Gäste auf der Fähre, die sich für Seehunde interessieren und an Deck rumstehen. Gelangweilt guckt er über die Sandbänke. Aber das? Das eine da ist kein Seehund und auch keine Kegelrobbe oder so was. Es gibt keine Seehundart mit roten Flecken auf schwarzem Fell.

Da war sie nun, die Leiche, und keiner hat sie gesehen oder könnte sie sogar bergen … und nach der nächsten Flut ist sie wieder verschwunden oder in einem Schlammloch, Schlickloch, oder wie die Dinger heißen, versunken.

X. sinkt auf den nächsten Sitz und fühlt sich wie das Würstchen, das er gerade verspeist hat – nur ohne Senf.

Foto: privat

Alke Dohrmann, geboren 1972 in Bremen, studierte Ethnologie, Politikwissenschaft und Kulturgeographie an der Universität Mainz, promovierte an der Universität Göttingen. Mehrere längere Forschungsreisen führten sie zu den Banna und Hadiyya in Südäthiopien. Nach Tätigkeiten an Universitäten und Museen arbeitet sie heute als Lektorin und Sicherheitsberaterin für Kultureinrichtungen. Sie lebt mit ihrer Familie in Hamburg und verbringt mit ihr regelmäßig den Sommer auf dem Spiekerooger Zeltplatz.